ANDROMEDE
TRAGEDIE
EN MACHINES.

ARGUMENT

TIRÉ

DV QVATRIÉME ET CINQVIÉME

Livre des Metamorphoses d'Ovide.

CASSIOPE femme de CEPHE'E Roy d'Egipte fut si vaine de sa beauté, qu'elle osa la disputer à celle des Nereïdes, dont ces Nymphes irritées firent sortir de la Mer un Monstre, qui fit de si estranges ravages sur les terres de l'obeissance du Roy son mary, que les forces humaines ne pouvant donner aucun remede à des miseres si grandes, on recourut à l'Oracle de JUPITER AMMON. La réponce qu'en receurent ces malheureux Princes fut un commandement d'exposer à ce Monstre ANDROMEDE leur fille unique, pour en estre devorée. Il falut exe-

cut.r ce triste Arrest, & cette illustre Victime fut attachée à un rocher, où elle n'attendoit que la mort lors que PERSEE fils de JUPITER & de DANAE passant par hazard, jetta les yeux sur elle. Il revenoit de la conqueste glorieuse de la Teste de Meduse qu'il portoit sous son bouclier, & voloit au milieu de l'air par le moyen des ailes qu'il avoit attachées aux pieds, de la façon qu'on nous peint MERCURE. Ce fut de cette infortunée Princesse mesme qu'il apprit la cause de son malheur, & l'amour que ses premiers regards luy donnerent, luy fit en mesme temps former le dessein de combattre ce Monstre qui la devoit devorer, pour conserver des jours qui luy estoient devenus precieux.

Avant que d'entrer au combat il eut le loisir de tirer parole de ses parens, que les fruits en seroient pour luy, & receut les effets de cette promesse aussitost qu'il eut tué le Monstre.

Le Roy & la Reine donnerent avec grande joye leur fille à son Libemteur. Mais la magnificence des *nopces fut troublée par la violence que voulut faire Phinée frere du Roy & oncle de la Princesse, à qui elle avoit esté promise avant son malheur. Il se jetta dans le Palais Royal avec une trouppe de gens armez; & Persée s'en deffendit quelque temps sans autre secours que celuy de sa valeur & de quelques Amis genereux: mais se voyant prest de succomber sous le nombre, il se servit enfin de cette horrible teste de Meduse, qu'il tira de sous son Bouclier, & l'exposant aux yeux de Phinée & des assassins qui le suivoient, cette fatale veuë les convertit en autant de statuës de pierre, qui servirent d'ornement au mesme Palais qu'ils vouloient teindre du sang de ce Heros. Voila comme Ovide rend cette Fable, où Monsieur de Corneille a changé beaucoup de choses, comme il le dit luy-mesme en propres termes, tant par la liberté de l'Art que par la necessité des ordres du Theatre, & pour luy donner plus d'agréement.*

En premier lieu, il a crû plus à propos de faire CASSIOPE *vaine de la beauté de sa fille, que de la ſienne propre, parce qu'il eſt fort extraordinaire qu'une femme dont la fille eſt en âge d'eſtre mariée, ait encore d'aſſez beaux reſtes pour s'en vanter ſi hautement, & qu'il n'eſt pas vray-ſemblable que cet orgueil de CASSIOPE pour elle-meſme eut attendu ſi tard à éclater, veu que c'eſt dans la jeuneſſe que la beauté eſtant plus parfaite & le jugement moins formé, l'une & l'autre donnent plus de lieu à des vanitez de cette nature, & non pas alors que cette meſme beauté commence d'eſtre ſur le retour, & que l'âge a meury l'eſprit de la perſonne qui s'en ſeroit enorgueillie en un autre temps. Ce ſont les raiſons de noſtre grand Poëte.*

Enſuitte il ajoûte qu'il a ſuppoſé que l'Oracle d'AMMON n'avoit pas condamné preciſément ANDROMEDE a eſtre devorée par le Monſtre, mais qu'il avoit ordonné ſeulement qu'on luy expoſât tous les mois une fille, qu'on tireroit au ſort pour voir celle qui luy devoit eſtre livrée, & que cet ordre ayant déja eſté executé cinq fois, on eſtoit au jour qu'il le falloit ſuivre pour la ſixième.

Le Poëte a encore introduit PERSEE *comme un Chevalier errant qui s'eſt arreſté depuis un mois dans la Cour de Cephée, & non pas comme ſe rencontrant par hazard dans le temps qu'*ANDROMEDE *eſt attachée au rocher. Il luy a donné un amour pour elle, que ce Prince n'oſe découvrir la voyant promiſe à* PHINEE*; mais qu'il nourrit toûjours d'un peu d'eſpoir ſur ce qu'il voit leur mariage differé juſques à la fin des malheurs publics. Il eſt plus genereux que dans Ovide, où il n'entreprend la delivrance de cette Princeſſe qu'apres que ſes parens l'ont aſſeuré qu'elle l'épouſeroit auſſi-toſt qu'il l'auroit delivrée. Monſieur de Corneille a changé auſſi avec beaucoup de ſageſſe la qualité de* PHINEE, *qu'il a fait ſeulement neveu du Roy dont Ovide le nomme frere. Le mariage de deux couſins luy ayant ſemblé plus ſupportable dans nos manieres de vivre, que celuy de l'Oncle & de la Niéce, qui euſt paru ſans doute eſtrange à nos Auditeurs.*

Les Peintres (dit ce grand Poëte) *qui cherchent à faire paroistre leur Art dans les nuditez, ne manquent jamais à nous representer ANDROMEDE nuë au pied du rocher où elle est attachée, quoy qu'Ovide n'en parle point.* Mais ajoûte-il en propre termes : *Ils me pardonneront si je ne les ay pas suivis en cette invention, comme j'ay fait en celle du Cheval Pegase, sur lequel ils montent PERSEE pour combattre le Monstre, quoy qu'Ovide ne luy donne que des aîles aux talons. Ce changement donne lieu à une Machine toute extraordinaire & merveilleuse, & empesche mesme que les Spectateurs ne prennent PERSEE pour MERCURE; outre qu'ils ne le mettent pas en cet equipage sans fondement, veu que le mesme Ovide rapporte qu'aussi-tost que PERSEE eut coupé la monstrueuse teste de Meduse, Pegase tout aîlé sortit de cette Gorgone : & que PERSEE s'en pût saisir deslors pour faire ses courses par le milieu de l'air.*

Nos Globes celestes, où l'on marque pour Constellations

tellations CEPHE'E, CASSIOPE, PERSE'E & ANDROMEDE, ont donné jour au Poëte à les faire enlever tous quatre dans le Ciel sur la fin de la Piece, pour y faire les nopces de ces Amants, comme si la terre n'en estoit pas digne.

Comme OVIDE ne nomme point la Ville où il fait arriver cette avanture, Monsieur de Corneille avouë luy mesme n'avoir osé s'enhardir à la nommer; OVIDE dit pour toute chose que CEPHE'E regnoit en Ethiopie, sans designer sous quel Climat. La Carte moderne de ces Contrées-là n'est pas fort connuë, & celle du temps de CEPHE'E encore moins. Le grand Poëte s'est donc contenté de dire qu'il falloit que CEPHE'E regnât en quelque Païs Maritime, que sa Ville capitale fût sur le bord de la Mer, & que ses Peuples fussent blancs, quoy qu'Ethiopiens. Ce n'est pas (dit-il) que les Mores les plus noirs n'ayent leurs beautez à leur goust: mais il n'est pas vray-semblable que PERSE'E qui estoit Grec & né dans Argos, fût devenu amoureux D'ANDROMEDE si elle *eût esté de leur teint, le grand Poëte a pour luy encore le consentement des Peintres, & sur tout l'authorité d'Heliodore qui ne fonde la blancheur de sa divine Cariclée que sur un tableau d'ANDROMEDE, il met donc sa Scene dans la Ville capitale de CEPHE'E proche de la Mer, & laisse la liberté à chacun de la nommer, n'ayant pas jugé qu'il fût d'aucune consequence de donner de nom à la Ville.*

On trouvera cét ordre gardé dans les changemens de Theatre, que chaque Acte aussi bien que le Prologue a sa décoration particuliere, & du moins une ou deux Machines volantes; mais qui ne sont pas dans cette Tragedie comme des agréemens detachez elles en font le nœud & le dénoüement, & y sont si necessaires, qu'il ne s'en peut retrancher une sans renverser tout l'Edifice, estant indispensablement placées dans la tissure de ce Poëme.

ACTEVRS.

DIEVX DANS LES MACHINES.

JUPITER.
JUNON.
NEPTUNE.
MERCURE.
LE SOLEIL.
VENUS.
MELPOMENE.
ÆOLE.
CYMODOCE.
CYDIPPE. } Nereïdes.
EPHIRE. }
HUIT VENTS.

Personnages.

CEPHÉE,	Roy d'Ethiopie, Pere d'Andromede.
CASSIOPE,	Reyne d'Ethiopie.
ANDROMEDE,	Fille de Cephée & de Cassiope.
PHINÉE,	Prince d'Ethiopie.
PERSÉE,	Fils de Jupiter & de Danaé.
TIMANTE,	Capitaine des Gardes du Roy.
AMMON,	Amy de Phinée.
AGLANTE,	Nymphes d'Andromede.
CEPHALIE,	Nymphes d'Andromede.
LIRIOPE,	Nymphes d'Andromede.

Cœur du Peuple.
Suitte du Roy.

La Scene est en Ethiopie dans la Ville capitale du Royaume de Cephée.

ANDROMEDE

TRAGEDIE EN MACHINES.

DE MONSIEVR

DE CORNEILLE L'AISNE',

Representée sur le Theatre Royal des seuls Comediens du Roy, entretenus par sa Majesté en leur Hôtel, Ruë de Guenegaud.

Entreprise sous la conduitte du Sieur DV FORT, Ingenieur & Machiniste du Theatre Royal des seuls Comediens du Roy.

CHacun sçait l'estime & le respect que le siecle present & la posterité doivent aux travaux du Prince des Poëtes François, dont le nom est si reveré, que les Estrangers mêmes ont traduit ses Ouvrages en leurs

Langues : C'eſt de l'Illuſtre Monſieur de CORNEILLE l'aîné que l'on entend parler, il remet aujourd'huy ſur le Theatre une Piece où ſon genie inimitable n'a pas mêlé moins d'invention & de varieté dans le ſpectacle, que de conduitte & d'eſprit dans le ſujet.

Son ANDROMEDE aprés plus de trente-ans n'a pû vieillir, & c'eſt par les avis d'un nombre choiſi d'honneſtes gens, que les Comediens du Roy ont bien voulu faire une dépenſe tres-conſiderable pour ce grand ſpectacle.

Il ſeroit à ſouhaitter que cette deſcription pût reſſembler aux effets qu'il produit ; cependant bien qu'il paroiſſe impoſſible d'y reüſſir, on ne laiſſera pas d'en donner icy une legere idée.

L'impatience & la curioſité preſque inſeparables, ne ſeront pas long-temps dans le lieu du ſpectacle ſans eſtre ſatisfaites, puiſqu'au meſme moment que les Violons avertiſſent du commencement de la Piece, on voit le Theatre s'ouvrir par un enlevement de Rideau qui ne cauſe pas moins de ſurpriſe que de plaiſir, tant pour la rapidité dont il ſe dérobe aux yeux des Spectateurs, que par l'Invention agreable du Machiniſte qui le fait emporter de chaque coſté du Theatre dans ses Nuages par deux Amours qui en embrassent chacun une moitié. Cette nouvelle maniere d'ouvrir le lieu de la Scene est assez ingenieuse, & semble bien entrer dans l'esprit de l'Autheur, puisque l'Amour de PERSE'E & celuy de PHINE'E pour ANDROMEDE font le sujet de la Piece.

DECORATION DV PROLOGVE.

ON voit une Forest épaisse, formée de plusieurs Arbres de differente nature, & grouppez differemment par un mélange de monceaux de terre & de Rochers. Dans le fonds il s'éleve une Montagne percée, au travers de laquelle la Mer paroît en éloignement, & sur le Sommet de la Montagne l'œil découvre une vaste Campagne avec des lointains à perte de veuë. C'est sur cette eminence que paroît MELPOMENE, la Muse de la Tragedie, & à son opposite le Soleil dans son

Char lumineux, tiré par les quatre Chevaux qu'Ovide luy donne. Ces deux Personnages qui font le Prologue à la gloire du Roy, aprés avoir dit tout ce que leur divin langage doit prononcer à l'avantage de ce Grand Monarque, s'unissent ensemble de sentimens & de voix, & aprés un vol merveilleux, que MELPOMENE fait dans le Char du SOLEIL, il l'enleve rapidement pour aller ensemble publier les mêmes loüanges au reste de l'Vnivers.

VERS CHANTEZ

DANS LE PROLOGVE,

PAR LE SOLEIL ET MELPOMENE.

Cieux écoutez, écoutez Mers profondes,
Et vous Antres & Bois,
Affreux Deserts, Rochers battus des Ondes,
Redites apres nous d'une commune voix,
LOVIS est le plus sage & le plus grand des Roys.

Par

Par trop de grands exploits l'invincible LOUIS
Semble avoir travaillé contre sa propre gloire,
L'Univers n'a point d'yeux qui n'en soient éblouïs;
Mais quand l'avenir dans l'Histoire
Verra tant de faits inoüis,
L'avenir les pourra-t'il croire?

DECORATION DU PREMIER ACTE.

CETTE grande masse & ces grouppes de Rochers élevez les uns sur les autres, ayant disparu en un moment par un artifice surprenant, le Theatre se change en une grande Ville, dont la magnificence, les differens ordres d'Architecture, & les diverses constructions des Maisons, & des Palais qui la representent ne donnent pas moins d'admiration que la Decoration precedente. Cette Ville eſt la Capitale du Royaume de CEPHÉE.

L'entrée en paroiſt au milieu du Theatre par un grand Portail percé, qui laiſſe voir par ſon ouverture la continuation de la Ville, & le devant repreſente une Place publique. C'eſt par là que paſſe la Reyne CASSIOPE pour aller au Temple, où elle eſt conduite par PERSÉE encore inconnu ; mais qui par un merite accomply s'eſt acquis dans cette Cour une bienveillance égale à ſon merite. La Reyne attendant que le Roy CEPHÉE ſon Epoux la vienne prendre pour la mener au Temple, entretient le Prince inconnu des malheurs publics, & de leur cauſe. Le Roy eſtant venu, & aprés avoir témoigné ſa pieté & ſon obeïſſance, ſoumiſe aux ordres du Deſtin, qui s'eſt expliqué par un Oracle, s'aperçoit le premier que le Ciel s'ouvre, où l'on voit dans un profond éloignement l'Etoille de Venus qui ſert de Machine, pour apporter cette Deeſſe juſqu'au milieu du Theatre : Elle s'avance avec tant d'art & de vray-ſemblance, que l'œil agreablement trompé ne peut découvrir ce qui la ſoûtient, ny ce qui la conduit.

VERS CHANTEZ POUR INVOQUER VENUS,

Par les Acteurs.

Reyne d'Eryce & d'Amathonte,
Mere d'Amour & fille de la Mer,
Peux-tu voir sans un peu de honte,
Que contre nous elle ait voulu s'armer,
Et que du mesme sein qui fut ton origine,
Sorte nostre ruine?

Peux-tu voir que de la mesme onde
Il ose naistre un tel Monstre aprés toy,
Que d'où vint tant de bien au monde,
Il vienne enfin tant de mal & d'effroy,
Et que l'heureux berceau de ta beauté suprême,
Enfante l'horreur mesme?

Vange l'honneur de ta naissance,
Qu'on a soüillé par un tel attentat,
Rends-luy sa premiere innocence,
Et tu rendras le calme à cet Estat;
Et nous dirons que d'où le mal procede,
Part aussi le remede.

La Deesse aprés avoir annoncé l'heureux hymen d'ANDROMEDE, continuant sa route pour remonter au Ciel, elle se va perdre au plus haut des nuës, en traversant de la plus grande profondeur du Theatre jusqu'au dessus du Cintre, mais par un mouvement si imperceptible, qu'il semble qu'elle n'ait point avancé, quand mesme elle est perduë; & cependant elle fait son cours dans toute l'étenduë & la longueur du lieu.

Apres que la Deesse a donné quelque esperance au Peuple d'un plus heureux destin que celuy qu'il attendoit, il en témoigne sa joye par des actions de graces.

VERS CHANTEZ
PAR LE PEUPLE,
Repreſenté par les Acteurs.

AInſi toujours ſur tes Autels
Tous les Mortels
Offrent leurs cœurs en ſacrifice ;
Ainſi le Zephyre en tout temps
Sur tes Palais de Cythere & d'Eryce
Faſſe regner les graces du Printemps.

Daigne affermir l'heureuſe paix
Qu'à nos ſouhaits
Vient de promettre ton Oracle ;
Et fay pour ces jeunes Amans,
Pour qui tu viens de faire ce miracle,
Vn ſiecle entier de doux raviſſemens.

Dans nos campagnes & nos bois
Toutes nos voix
Beniront tes douces atteintes;
Et dans les Rochers d'alentour,
La meſme Echo qui rediſoit nos plaintes;
Ne redira que des ſoûpirs d'amour.

Cette Machine de Venus finit le premier Acte, qui pour augmenter le plaiſir qu'apporte la varieté dans les Spectacles, laiſſe changer ſa Decoration en un moment.

DECORATION DU SECOND ACTE.

C'EST un Jardin formé par des berceaux de feüillée, au travers deſquels on voit des arcades de Rocaille, & ſur le devant des berceaux, des escabellons de Jaspe qui portent des bustes d'or, entre-meslez de pieds destaux de differens marbres, sur lesquels sont posez de grands vases dorez, remplis d'Orangers, chargez de fleurs & de fruits; & sous ces pieds destaux on voit comme pour entretenir une agreable fraischeur à ces precieux arbres, des bassins de fontaines qui laissent tomber leur eau par cascade les uns dans les autres, & entre chaque pied d'estail on trouve des marches de marbre blanc pour monter à une haute terrasse ornée de guirlandes de fleurs, & de corbeilles posées sur des consoles, qui s'unissant au fonds du Theatre avec un nombreux mélange de statuës dorées sur leurs pieds destaux, peut faire admirer le plus magnifique & le plus delicieux Jardin que l'imagination puisse produire.

C'est dans cet aimable lieu que paroist ANDROMEDE avec ses Nimphes qui cueillent des fleurs, pour en faire une guirlande, dont cette Princesse veut couronner PHINÉE, pour le recompenser par cette galanterie de la bonne nouvelle qu'il luy vient d'apporter; & dans le temps qu'elle entretient ses Filles des perfections de l'inconnu PERSÉE. Elles sont agréablement surprises par un Air melodieux que PHINÉE fait chanter, avec dés paroles qui expriment l'esperance de son heureux hymen, & l'impatience de le voir accomply.

VERS CHANTEZ PAR MONSIEVR DE VILLIERS, Acteur.

QV'elle est lente cette journée,
Dont la fin me doit rendre heureux!
Chaque Moment à mon cœur amoureux
Semble durer plus d'une année:
O Ciel! quel est l'heur d'un amant,
Si quand il en a l'assurance,
Sa juste impatience,
Est un nouveau tourment!

Ie dois posseder ANDROMEDE:
Iuge, Soleil, quel est mon bien,
Vis-tu jamais amour égal au mien?
Vois-tu beauté qui ne luy cede?

Puis

Puis donc que la longueur du jour
De mon nouveau mal eſt la ſource,
Precipite ta courſe,
Et tarde ton retour.

Tu luis encor, & ta lumiere
Semble ſe plaire à m'affliger:
Ah! Mon amour te va bien obliger
A quitter ſoudain ta Carriere:
Vien, Soleil, vien voir la beauté
Dont le divin éclat me dompte,
Et tu fuiras de honte
D'avoir moins de clarté?

La jeune ANDROMEDE par une reconnoiſſance qu'elle ſemble devoir à cet Amant, qu'elle croît bien-toſt épouſer, luy fait chanter en revanche par une de ſes Nymphes un Air, & des paroles, dont la tendreſſe donne autant de tranſports de joye à ce Prince, que de plaiſir aux oreilles qui les entendent.

VERS CHANTEZ PAR MADEMOISELLE D'ENNEBAUT, Actrice.

PHINE'E *est plus aymé qu'* ANDROMEDE *n'est belle,*
Bien qu'icy-bas tout cede à ses attraits,
Comme il n'est point de si doux traits,
Il n'est point de cœur si fidelle:
De mille appas son visage semé,
La rend toute merveille;
Mais quoy qu'elle soit sans pareille,
PHINE'E *est encor plus aymé.*

Bien que le juste Ciel fasse voir que sans crime
On la prefere aux Nymphes de la Mer,
Ce n'est que de sçavoir aymer
Qu'elle-mesme veut qu'on l'estime:

Chacun d'amour pour elle consumé,
D'un cœur luy fait un Temple,
Mais quoy qu'elle soit sans exemple;
PHINÉE *est encor plus aymé.*

Enfin si ses beaux yeux passent pour un miracle,
C'est un miracle aussi que son amour,
Pour qui Venus en ce beau jour
A prononcé ce digne Oracle:
Le Ciel luy-mesme en la voyant charmé,
La juge incomparable;
Mais quoy qu'il l'ait faite adorable,
PHINÉE *est encor plus aymé.*

Cet Air chanté, les deux voix qui exprimoient l'une aprés l'autre la passion de ces deux jeunes cœurs, chantent ensemble un Dialogue de tendresse, qui exprime la felicité dont ils semblent aller joüir.

DIALOGUE CHANTE'

PAR MADEMOISELLE D'ENNEBAUT,

Actrice.

ET MONSIEUR DE VILLIERS,

Acteur.

HEureux Amant! heureuse Amante!
Ils n'ont qu'une ame, ils n'ont tous deux qu'un cœur,
Ioignons nos voix pour chanter leur bon-heur,
Ioignons nos voix pour benir leur attente.

ANDROMEDE *ce soir aura l'illustre Epoux,*
Qui seul est digne d'elle, & dont seule elle est digne,
Preparons son Hymen, où pour faveur insigne,
Les Dieux ont resolu de se joindre avec nous.

Le Ciel le veut ; Venus l'ordonne ;
L'Amour les joint ; l'Hymen les veut unir.
Douce union que chacun doit benir !
Heureuse amour qu'un tel succés couronne.

Mais à tant de preparation de joye il succede un effet bien different de l'esperance d'ANDROMEDE & de PHINÉE ; On leur vient annoncer que le sort est tombé sur cette jeune & malheureuse Princesse, & que c'est elle aujourd'hy qui doit estre exposée à la rage du Monstre. C'est là que PHINÉE s'abandonne à des imprecations contre le Ciel, qui semble s'en vouloir vanger, par l'effroy d'un tonnerre qui commence à rouler avec un si grand bruit, accompagné d'éclairs si promptement redoublez, que cette feinte donne autant d'épouvante que d'admiration, tant elle approche du naturel. On voit cependant décendre Eole avec huit Vents, dont quatre sont à ses deux costez ; en sorte toutefois que les deux plus proches sont portez sur le mesme nuage que luy, & les deux plus éloignez sont comme volans en l'air sur les aisles du Theatre, deux à la gauche, & deux à la droite. Ce qui n'empesche pas PHINÉE de continüer ses blasphemes: Mais enfin ce Dieu lassé de tant d'audace en punit les emportemens par le ravissement d'ANDROMEDE entre les bras & aux yeux de ce temeraire Amant. Le commandement qu'en fait Eole aux Vents qui l'accompagnent produit un spectacle étrange & merveilleux tout ensemble. Les deux Vents qui estoient à ses deux costez suspendus en l'air s'envolent l'un à gauche, l'autre à droit. Deux autres remontent avec luy dans le Ciel, sur le mesme nuage qui les vient d'aporter; & les deux qui estoient à sa main gauche sur les aisles du Theatre s'avancent au milieu de l'air, ayant fait deux ou trois tours comme des tourbillons, ils passent du costé du Theatre où est ANDROMEDE, d'où les deux derniers fondent sur elle, & l'ayant saisie chacun par un bras, l'enlevent de l'autre costé jusque dans les nuës.

C'est là que PERSÉE prend l'occasion d'assurer le Roy qu'il luy rendra sa Fille, & finit le second Acte en volant apres elle.

DECORATION
DU
TROISIÉME ACTE.

IL ſe fait icy une ſi étrange & ſi prompte Metamorphoſe, qu'on peut croire que PERSÉE, avant que de ſortir de ce Jardin charmant, ait découvert l'horrible & monſtrueuſe teſte de Meduſe, qu'il porte par tout ſous ſon bouclier. Ces feſtons, ces corbeilles de fleurs, ces jaſpes, cet or, & ces marbres precieux ſont devenus des rochers dont les maſſes inégalement eſcarpées & boſſuës ſuivent ſi parfaitement le caprice de la Nature, qu'il ſemble qu'elle ait plus contribué que l'Art, à les placer ainſi des deux coſtez du Theatre, dont tout le milieu repreſente une vaſte Mer écumante, & battant de flots les Rochers horribles qu'elle ſemble vomir. C'eſt là que l'œil ſe perd ſur ſon objet par les douces impoſtures qu'il ſouffre de la couleur tranſparente d'un cryſtal verdoyant, qui par des mouvemens ondoyans, feroit jurer aux ſpectateurs avec quelque ſorte de juſte application, que tout l'Ocean a pris plaiſir à venir rendre hommage à la Scene.

Il n'y a perſonne qui ne jugeque ce triſte ſpectacle eſt le funeſte appareil de l'injuſtice des Dieux, & du ſupplice D'ANDROMEDE. Auſſi la voit-on au haut des nuës, d'où les deux Vents qui l'ont enlevée l'apportent avec impetuoſité, & l'attachent au pied du fatal Rocher où elle doit eſtre devorée.

Le peuple fait une plainte touchante ſur le bord de la Mer.

VERS DE LA PLAINTE

CHANTE'E PAR MONSIEUR DE VILLIERS,

Acteur.

Repetez nos triſtes accens,
Rochers, antres affreux, infortuné rivage,
ANDROMEDE *du Ciel le plus parfait ouvrage,*
Va perdre la lumiere au plus beau de ſes ans.

Iniuſtes

Injustes Dieux, trouppe barbare,
Laisserez-vous perir une Beauté si rare?
Changez vos claires eaux en pleurs,
Fontaines & Ruisseaux qui coulez dans la plaine,
Et vous tendres Zephirs, que vostre douce haleine
Fasse monter aux Cieux nos cris & nos douleurs.

Tandis que cette jeune Princesse & sa Mere, par leurs justes soûpirs, attendrissent tous les cœurs, on découvre d'aussi loin que la veuë peut distinguer quelque chose, un Monstre Marin au fonds de la perspective; mais dans un si grand éloignement, que tout puissant qu'il soit, on a peine à juger de sa forme, tant il paroist petit d'abord. A mesure qu'il avance, on le voit grossir, & l'on n'est pas long-temps sans en discerner l'horrible forme: Ce Monstre écailleux, armé de griffes & d'arestes piquantes, s'avance jusqu'à la triste ANDROMEDE pour l'engloutir: Mais dans ce même moment on voit paroître Persée monté sur le Cheval aislé, que les Poëtes nomment Pegase; à peine aperçoit-il ANDROMEDE & sa Mere qu'il les assure d'un secours infaillible, si l'une & l'autre veulent avoüer ſon amour, & luy en promettre la recompenſe. Dans un ſi pitoyable eſtat que ne promet-on point? Le valeureux PERSE'E flatté de l'eſpoir qu'on luy donne, s'expoſe auſſi-toſt à voler ſur le Monſtre, qu'il attaque ſi heureuſement, que'n un moment il le dompte, le tuë, & commande aux Vents de venir reparer l'outrage qu'ils ont fait à ſa jeune Princeſſe; ces meſmes Vents luy obeïſſent auſſi promptement qu'il leur commande, & viennent détacher ANDROMEDE, pour la remporter par le chemin des Nues dans le Palais du Roy ſon Pere.

Certes c'eſt icy qu'il peut eſtre permis d'exagerer s'il eſt poſſible, la loüange que l'on doit à l'honneur du Machiniſte. La France n'a point encore veu de Spectacle pareil à celuy de cét Acte. Il n'eſt point extraordinaire, nouueau; ny peut-eſtre trop difficile d'enlever des Hommes ou des Fantômes, & leur faire traverſer les airs; mais il eſt à remarquer qu'en cét endroit, le Pegaſe ſur lequel eſt monté Perſée, eſt un veritable Cheval d'une taille avantageuſe, & d'une vivacité & d'un port, qui ne peut laiſſer croire un moment que le carton en faſſe la repreſentation: & ſur tout ce que l'on doit admirer dans cette Machine, c'eſt l'école extraordinaire de cét Animal, qui dés qu'il est party du haut des nuës, semble sous le poids de son Heros en sentir la volonté, en combattant luy-mesme le Monstre que Persée vient attaquer. Ce Combat paroît un assez long espace de temps pour en admirer la beauté, sans en pouvoir decouvrir l'industrie; & aprés la mort du Monstre, le Cheval à tire d'aîles, emporte rapidement PERSÉE par le mesme chemin que les Vents ont emporté son ANDROMEDE, & passe par dessus le Ceintre pour l'aller reprendre où elle sera posée. C'est là que tout le rivage retentit de cris de joye & de chants de victoire.

VERS CHANTEZ
SVR
LA MORT DV MONSTRE,
PAR LES MESMES ACTEVRS.

Le Monstre est mort, crions Victoire,
Victoire, tous Victoire à pleine voix;

Que nos Campagnes, que nos Bois
Ne raisonnent que de sa gloire.

Monsieur de Villiers seul.

Quand le danger presse une Belle,
Qu'elle craint & languit,
Qu'une pâleur mortelle
La trouble & l'interdit;

Le peril devient necessaire,
Tout doit en estre charmant,
Et l'Amant le plus temeraire
N'est pas le moins heureux Amant.

Vous estes sa digne conqueste,
Victoire à son amour, Victoire tous;
C'est luy qui calme la tempeste,

Et c'est luy qui vous donne enfin l'illustre Epoux
Qui seul estoit digne de vous.

Il sembleroit que l'embarras de tant de Machines à la fois, devroit donner quelque relâche aux travaux du Machiniste, mais bien loin d'en prendre, à peine ce spectacle est-il évanoüy, qu'il en succede un autre tout different. C'est Neptune qui s'éleve du fonds de la Mer dans une Conque brillante de tout le Nacre de l'Orient, portée par deux Dauphins, & cette Machine est accompagnée de trois Nereïdes, qui se plaignent d'estre si mal vengées. Apres que l'on a veu quelque temps flotter cette Conque, & que Neptune les a consolées en les flattant d'une vengeance plus certaine, la Conque avec ce Dieu des Ondes & ses trois Nereïdes fondent, & se plongent sous les flots de la Mer, qui apres un mouvement orageux se calme insensiblement, & c'est ce qui finit le troisiéme Acte.

DECORATION DV QUATRIÉME ACTE.

IL seroit difficile d'augmenter le plaisir & l'admiration du spectacle, apres les effets surprenans de ce troisiéme Acte: mais comme il est impossible que dans un ouvrage tout soit d'une méme beauté, & qu'il est absolument necessaire de finir, c'est pour ce sujet que les vagues agitées de cette Mer fondent tout d'un coup sous le Theatre, & ces horribles masses de Roche dont elle battoit le pied font place à la magnificence d'un Palais Royal où se doit celebrer la grande feste de nos Amans. Ce Palais est d'ordre Dorique porté par des colomnes de marbre serpentin vert, dont les bases & les chapiteaux sont relevez d'or. Entre les colomnes sont de grandes statuës de mesme métail. Dans l'enfoncement paroist la face du Palais d'un ordre ionique porté par des pilastres de different marbre, & dont les colomnes, bases, & chapiteaux sont d'or, portant leur frise, architrave, & corniche sur les colomnes, avec un fronton orné de trophées, & au derriere deux grandes figures d'or couchées, & tout au lointain paroist un Attique qui represente le corps du bâtiment, & dans la grande arcade du milieu qui est veritablement percée, paroist la cour du Palais Royal de CEPHE'E, qui est un edifice extremement clair & d'un ordre Composite. PERSE'E paroist le premier dans cette sale conduisant ANDROMEDE en son appartement, apres l'avoir obtenüe du Roy & de la Reyne, & comme si leur volonté ne suffisoit, il tâche encore de l'obtenir d'elle-mesme par tous les respects & les soumissions qu'un Amant doit toûjours à sa Maistresse. Comme la matiere de ce quatriéme Acte ne fournit pas beaucoup de Machines, il ne s'y en voit qu'une qui est celle de IUNON, qui toûjours jalouse des plaisirs de IUPITER, croit ne s'en pouvoir mieux venger qu'en favorisant le rival de PERSE'E. Elle vient donc asseurer le Prince Phinée de son secours & de sa protection contre Persée, elle paroist dans un Char tiré par deux Paons, il est fort riche &

digne de l'orgueil de la Deesse qui s'y fait porter. Bien qu'il n'y ait que cette Machine dans tout cet Acte, elle vient si à propos & jouë par un si agreable mouvement, qu'elle ne laisse pas les Spectateurs sans beaucoup de plaisir. Enfin l'Acte finit par l'allegresse publique que le Peuple témoigne de l'heureuse union qui se va faire de PERSE'E & d'ANDROMEDE.

VERS CHANTEZ PAR LE PEUPLE REPRESENTE' PAR LES ACTEVRS.

Vivez, vivez, heureux Amans,
Dans les douceurs que l'amour vous inspire:
Vivez heureux, & vivez si long temps,
Qu'au bout d'un siecle entier on puisse encor vous dire:
Vivez, vivez, heureux Amans.

Que

Que les plaisirs les plus charmans
Fassent les jours d'une si belle vie,
Qu'ils soient sans tache, & que tous les momens
Fassent mesme redire à la voix de l'Envie,
Vivez, heureux Amans.

Que les Peuples les plus puissans
Dans nos souhaits à pleins Vœux nous secondent,
Qu'aux Dieux pour vous ils prodiguent l'encens,
Et des bouts de la terre à l'envy nous répondent:
Vivez, heureux Amans.

DECORATION
DU CINQUIEME ACTE.

COmme les Theatres fournissent beaucoup au plaisir de l'imagination en representant ce qui convient aux sujets; le moment nuptial estant venu, il a esté necessaire de representer le lieu où s'accomplit ordinairement une si grande Ceremonie, c'eſt ce qui fait que la Scene repreſente un Temple ſuperbe, compoſé de marbre blanc d'un ordre ïonique compoſite, porté par des colomnes canelées de marbre d'Egypte, dont les filets, les chapiteaux, & les baſes, ſont d'or; entre les Colomnes ſont poſées de grandes Caſſolettes d'or, & tous les filets de l'architecture, modellions, ornements, le tout eſt pareillement d'or; au milieu du Theatre paroît le Sanctuaire du Temple, Yſolé d'un meſme ordre d'architecture, avec la meſme richeſſe, & dans le fonds on voit la continuation des Galeries du devant, qui font un Coridor, ſuivant toûjours le meſme ordre.

La mort de PHINE'E fait le dénoüement de cette Tragedie, & le recit en eſtant fait, Mercure paroît au milieu de l'air, qui vient aſſurer nos Amans qu'ils ne trouveront plus d'obſtacles à l'heureux accompliſſement de leurs Nopces, & que les Dieux les veulent honnorer eux meſmes, & les celebrer dans les Cieux : ce dernier vol que fait ce Dieu aiſlé, ne laiſſe pas moins d'admiration que tout ce qui precede : il paroît au plus haut du Theatre dans le coin des Nuages, & dés qu'il a parlé il s'élance en terre, & à peine l'a-t'il touchée que du meſme élancement, & ſans le moindre intervale, il s'échape d'un vol extraordinairement rapide jusques par dessus le ceintre. Dés que les yeux l'ont perdu, pour entretenir une agreable surprise, le Ciel s'ouvre, où l'on voit Iupiter dans son trône, brillant de toutes les lumieres celestes, il est environné d'un Nuage, & à ses deux costez Iunon & Neptune apaisez par les sacrifices de nos Amans, que ces Dieux mesmes font monter dans le Ciel par deux Nuages qui les vont prendre, & qui les enlevent de chacun des costez du Theatre jusques dans le Ciel. La piece finit par ce charmant spectacle, & par les acclamations du Peuple sur les prosperitez & les heureux presages de cette glorieuse alliance.

VERS CHANTEZ PAR LES ACTEVRS.

Maistre des Dieux, haste-toy de paroistre
Et de verser sur ton sang & nos Roys,
Les graces que garde ton choix
A ceux que tu fais naistre.

Fay cheoir sur eux de nouvelles couronnes,
Et fay nous voir par un heur accomply,
Qu'ils ont tous dignement remply
Le rang que tu leur donnes.

Allez, Amans, sans jalousie
Vivre à jamais en ce brillant sejour,
Où le Nectar & l'Ambrosie
Vous seront comme aux Dieux prodiguez chaque jour,
Et quand la Nuit aura tendu ses voiles,
Vos corps semez de nouvelles étoiles,
Du haut du Ciel éclairant aux Mortels,
Leur apprendront qu'il vous faut des Autels.

FIN.

Permis d'imprimer. Fait ce 14 Juillet 1682. DE LA REYNIE.

De l'imprimerie de la Veuve G. ADAM, sur le Quay des Augustins, à l'Olivier. 1682.

www.ingramcontent.com/pod-product-compliance
Ingram Content Group UK Ltd.
Pitfield, Milton Keynes, MK11 3LW, UK
UKHW032011260826
14628UKWH00005B/2417

9 782329 464640